몇 시인가요?

몇 시인가요?
WHAT TIME IS IT?

존 버거 글
셀축 데미렐 그림

마리아 나도티 엮음
신해경 옮김

열화당

시간 들이기

존 버거(John Berger)와 셀축 데미렐(Selçuk Demirel)은 지금 여러분 손에 들린 이 책을 2016년에 함께 구상하고 작업하기 시작했습니다. 이 책은 그림과 글이 서로를 묘사하거나 설명하지 않으면서 나란히 걸어갈 때 무슨 일이 일어나는지 알아보는 매혹적인 놀이이자, 재미와 호기심과 상호존중에 기반한 협업(혹은 공모?)의 새로운 장이었습니다.

이미 『해변의 남자(Man on a Beach)』, 『백내장(Cataract)』, 『스모크(Smoke)』를 탄생시킨 이 '다른 방식으로 말하기'가 이번에는 두 사람의 핵심 주제인 '시간'에 초점을 맞추었습니다. 사상의 역사적 정치적 흥망성쇠와 함께 변화하는 철학적 개념으로서의 시간, 즉, 기억과 애도의 시간, 사랑과 희망의 시간, 준엄한 제 리듬에 속박된 생물학적 몸의 시간과 영원한 의식의 시간, 저항과 반역의, 계획과 꿈의 시간, 덧없는 나비의 생과 수만 년간 온갖 고난을 거치며 켜켜이 쌓여 온 산맥과 빙하 사이에 있는 자연의 시간, 마주치는 것은 무엇이든

몰락으로 휩쓸어 가는 무자비하고 무관심한 자본의 시간, 꿈과 창작, 글쓰기와 그리기의 시간 말입니다.

하지만 존 버거에게는 둘이 함께하는 이 모험을 완성할 시간이 없었습니다. 무엇이 그리 급했는지 그는 숨을 곳을 찾는 토끼처럼 서두르며 2017년 1월 2일에 '어딘가 다른 곳'으로 떠났습니다.

몇 주 뒤, 셀축 데미렐과 저녁을 먹다가 우리는 이 프로젝트가 흐지부지되어서는 안 된다는 결론을 내렸습니다. 우리는 존 버거가 생전에 원고로 남긴 시간에 관한 여러 생각과 농담과 사연과 관찰기록에 데미렐의 펜에서 흘러나온 그림을 엮어 보기로 했습니다. 짧게 말하면, 앞서 두 사람에게 순수한 경탄과 놀라움, 그리고 숱한 웃음의 원천이 되었던 공동의 열망이자 공동의 프로젝트인 이 계획을 지속시킬 필요가 있었습니다.

그래서 두 사람의 모험은 세 사람의 모험이 되었습니다. 저는 존의 원고를 뒤져 셀축의 그림과 잘 어우러질 일련의 구절을 추려냈습니다. 그리고 우리는 함께 흐름을 정하고 서사의 줄거리를 짜내어 이 책의 '시간'을 만들었습니다.

1972년 존 버거는 경애해 마지않는 프랑스 화가 페르낭 레제에 관한 글에서 예술가에게는 모든 작품을 관통해 흐르는 불변의 주제인 '지속적인 주제'가 있다고 썼습니다. 음, 저는 여러분이 이 책에서 보게 될 글귀들을 고르면서, 여러 방식으로 굴절되고 음악의 곡조처럼 다양하게 변주되는 존의 지속적인 주제, 그의 중심사상이 바로 '시간'임을 깨달았습니다.

데미렐에게도 똑같은 말을 할 수 있습니다. 그의 거의 모든 그림이 존재 자체이기도 한 끊임없는 생성의 돌연변이와 변태와 반전을 이야기합니다. 그리고 셀축과 마찬가지로 존에게도 존재란 인간만의 특권이 아닙니다. 자연과 사물이, 예술작품과 일상의 물건이, 고양이가, 나무가, 숟가락과 시계가, 사상과 행위가 존재하고, 그들의 존재는 영구히 움직이고 있고, 변화하고 있고, 서로 부딪치고 있으며, 절대 고정되지 않습니다.

버거와 데미렐은 시간이 하늘과 마찬가지로 텅 비어 있지 않다는 걸 일깨워줍니다. 시간은 열려 있을 뿐입니다.

2017년 10월 7일
밀라노에서
마리아 나도티(Maria Nadotti)

7

이따금, 책을 쓰고 싶어진다
오롯이 시간에 관한 책을
왜 시간이 존재하지 않는지,
왜 과거와 미래가
끊임없는 하나의 현재인지에 관한 책을.
모든 사람은, 살아 있는 사람은,
　　　　　　살았던 사람은
그리고 앞으로 살 사람은, 지금을 살고 있다.
소총을 분해하는 군인처럼
나는 이 주제를 샅샅이 해체하고 싶다.
—예브게니 비노쿠로프(Yevgeny Vinokurov)

중앙 광장에 있는 시청 지붕에는 시각을 알려주는 커다란 시계가 달려 있었다. 아주 이른 아침, 하루에 한 번 있는 시골에서 오는 기차가 도착할 때마다 산뜻하게 차려입은 한 남자가 광장에 서서 자기 회중시계와 시청 시계의 시각을 비교했다. 일자리를 찾아 방금 기차를 타고 그곳에 도착한 양치기가 그 남자에게 거기 그렇게 오래 서서 무엇을 하느냐고 물었다. 나는 기다리고 있소, 남자가 답했다. 시청 시계를 확인하는 게 내 일 중 하나요. 큰 시계가 멈추면 여기 내가(그가 자기 시계를 가리켰다)여기 내가 정확한 시각을 알고 있으니, 시청 직원이 시청 시계를 다시 정확하게 맞출 수 있다오.

시계가 자주 멈추오?

일주일에 몇 번 정도인데, 시계가 멈추면 사람들이 내게 시각을 물어보고, 정확한 시각을 알려주면 대가로 돈을 준다오. 거의 일 달러나 되는 돈을 말이오! 거저먹기지! 사실을 말하자면 나는 할 일이 많소, 너무 많지. 이봐요, 당신 인상이 마음에 드는구려. 원한다면, 이 일을 당신에게 넘겨주겠소. 이 시계를 가져요, 이 일에 딸린 거니까, 오십 센트만 받겠소!

11

서사는 순간이 잊히지 않도록 만드는 또 하나의
방법이다. 이야기를 들을 때는 끊임없이 이어지는
시간의 흐름이 멈추기 때문이다.

우리 이야기를 읽거나 듣는 이들은 하나의 렌즈를
통해 모든 것을 본다. 이 렌즈가 서사의 비밀이다.
이야기마다 렌즈는 새로이 연마되는데, 순간과 영원이
양쪽에서 이 렌즈를 끼고 연마한다.

　　우리 이야기꾼들을 '죽음의 서기'라 하는 이유는
짧은 필멸의 생에서 이 렌즈를 연마하는 장인이
우리이기 때문일 터이다.

방은 시간의 흐름을 알아챌 필요가 있다. 그러지 않으면 방은 생명의 위기를 맞는다. 아니, 좀 더 정확하게 얘기하자면, 방의 침묵이 생명의 위기를 맞는다.

인내하고, 인내하라, 역사의 거대한 움직임은 언제나
우리가 '그 와중에'라고 부르는 그 작은 괄호들 안에서
시작되기 때문이다.

우리는 정치적 실행이란 것이 종종 베틀처럼 예상한
것과 예상치 못한 것 사이를 오가며 두 방향으로 베를
짠다는 사실을 너무 쉽게 잊는다.

때가 되면 알리라.

저항이 이루어지는 바로 그 순간에 작은 승리가 있다.
다른 순간과 마찬가지로 지나가지만, 그 순간은 어떤
항구성을 획득한다. 지나가지만, 이미 각인되었다.

시계의 얼굴은 제각각 크기가 다르다. 어떤 것은 고작 손목시계만 하고, 어떤 것은 꼭대기에 종이 달린 고풍스러운 자명종 시계만큼 크다. 어느 시계든 시간은 읽기 어렵고 숫자판마다 다른 시간을 알리는 듯이 보인다. 아마도 어떤 것은 오전 시간이고 어떤 것은 오후 시간이리라. 분명한 건, 세상에는 십여 가지가 넘는 다양한 시간이 있고, 그 시간들이 서로 타협하지 않는다는 사실이다.

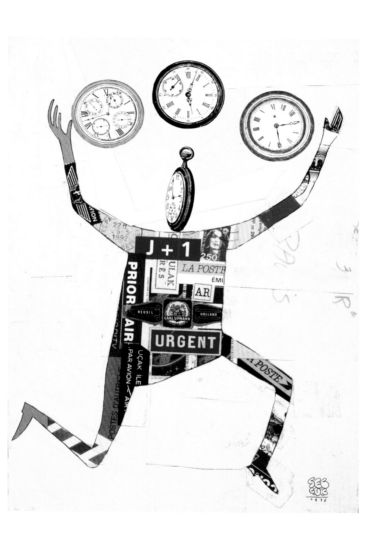

나는 널 놀리고 있어! 무언가를 기다리며 시간을
보내는 데에는 그만한 게 없지.
놀리면 시간이 빨리 가니까.

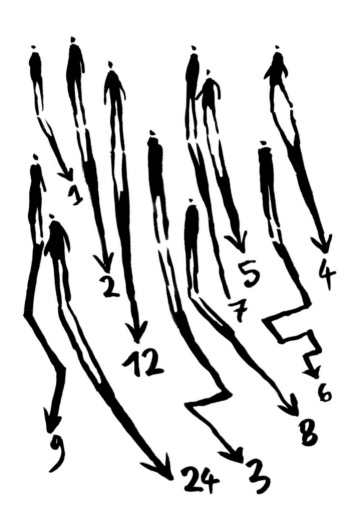

소들은 유순하지만 좀처럼 서두르지 않는다. 소들은
천천히 산다. 그들의 닷새가 우리의 하루다. 소들을
매질할 때는 언제나 조바심 탓이다. 우리의 조바심
말이다. 매를 맞으면 소들은 고개를 들어 그 긴 고통의
시선을 던지는데, 그 행동이 무례한(그렇다, 소들도
안다!) 이유는 그 눈이 닷새가 아니라 다섯 번의
영겁을 드러내기 때문이다.

기업 자본주의가 만들어내고 관리하는 현대의 특정한 연옥(煉獄)에서는 모든 부정(不正)이 바로 그 현대의 비선형적 시간관에 기초하는데, 그 시간관에서 생각할 수 있는 유일한 관계란 원인과 결과의 관계뿐이다. 이에 대비되는, 또 이에 도전하는, '단 하나의 공시적 행위'는 사랑의 행위다.

밤새도록 돌아가는 공장은 끊임없고 단일한 무자비한
시간이 승리했음을 보여주는 신호다. 공장은 꿈의
시간에도 계속 돌아간다.

자본이 계속해서 스스로를 재생산하도록 강제되듯이,
끝없는 기대의 문화인 자본의 문화도 마찬가지다.
'앞으로 얻을 것'이 '지금의 것'을 비운다.

지금의 처지에 고통받으면서도 고향으로 돌아갈 수
없는 이주 프롤레타리아트는 자신이, 아니면 아이들이
미국인이 되기를 열망했다. 그들은 미래를 위해 자신을
포기하는 수밖에 없었다. 그리고 내기에서 지는 쪽은
분명 이민자들이지만, 이런 구조는 발달한 자본주의
사회에서 갈수록 일반화되고 있다.

뉴욕 사람들은 흔히 시간이 돈이라고 말한다. 이 말은
돈이 시간 같은 것이라는 의미도 될 수 있다. 순전히
양으로만 계산되는 돈에는 아무 내용이 없지만, 돈은
내용과 교환될 수 있다. 돈은 구매하니까 말이다.
시간도 마찬가지다. 요즘은 시간이 자기에게 결여된
내용과 교환된다. 노동시간이 임금과 교환되고,
임금이 상품에 갇힌 '살지 않은 시간'과 교환된다.
자동차의 '속도'가 그렇고, 텔레비전 화면에 보여주는
영원한 현재가 그렇고, 수백 가지 가전제품으로
'절약되는' 시간이 그렇고, 앞으로 올 요양원의 평화가
그렇고, 기타 등등, 기타 등등.

오래 품은 두려움은 의심이 된다.

어떻게 영원이 순간에 들어갈 수 있는가?

어쩌면 태초에
세월을 만드는 쌍둥이 창조자,
시간과 보이는 것이
함께 당도했을 것이다
동트기 직전
술에 취해
문을 쾅쾅 두드리며.

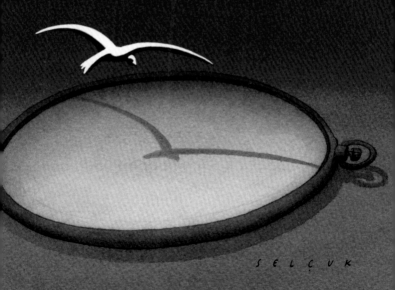

19세기 이전까지만 하더라도 세계의 나이가 고작
몇천 년이라는, 인간의 세대라는 시간 단위로도
계량될 수 있는 나이라는 믿음이 보편적이거나
최소한 일반적이라 할 만했다. 하지만 1830년에 찰스
라이엘(Charles Lyell)은 『지질학의 원리』를 내놓으며
'시작의 흔적도 없고 종말의 전망도 없는' 지구의
나이가 수백만 살, 어쩌면 수억 살일지도 모른다고
주장했다.

다윈의 사고는 이제 막 드러난 가공할 만큼 광대한 사실에 대한 창조적 반응이었다. 그리고 내가 보기에 진화론의 슬픔은(그처럼 희망을 주지 않은 과학적 혁명이 달리 없기에 슬프다) 그 이론이 시사하는 세월의 쓸쓸함에서 비롯되었다.

사건이 시간을 창조한다. 사건이 없는 세계에는 시간이 없을 것이다. 다른 사건은 다른 시간을 창조한다. 세상에는 별들의 우주적인 시간이 있고, 산맥의 지리학적 시간이 있고, 나비의 일생이 있다. 수학이라는 추상적 개념 말고는 서로 다른 시간들을 비교할 방법이 달리 없다. 이런 추상적 개념을 고안한 건 인간이었다. 인간은 모든 것이 어떻게든 들어맞는 규칙적인 '외부의' 시간을 고안했다. 그 이후로 인간은 예컨대 토끼와 거북이를 나란히 경주시킨 뒤 둘의 성적을 추상적인 시간 단위(분)로 측정할 수 있게 되었다.

아인슈타인을 비롯한 물리학자들의 설명에 따르면, 시간은 선형적이지 않고 순환적이다. 우리의 삶은 오늘날 전례 없는 국제자본주의 질서의 '긴급한 탐욕'에 의해 절단되고 있는 하나의 직선상에 찍힌 점이 아니다. 우리는 직선상에 찍힌 점이라기보다는 원의 중심에 가깝다.

어쨌든 세상에는 시간, 또는 특정한 시간을
거역하는 때들이 있다.

의미와 신비는 떼려야 뗄 수 없는 관계이며
둘 다 시간의 흐름 없이는 존재할 수 없다.

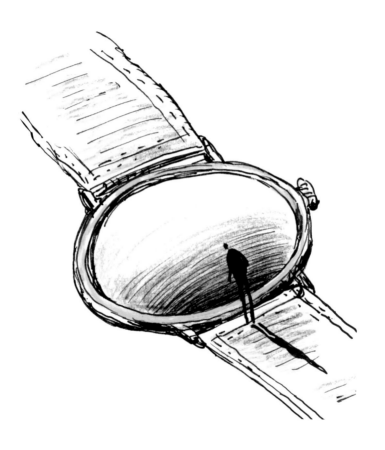

밤과 낮의 차이, 햇빛과 비의 차이가 그렇듯이 계절 간의 차이도 극히 중요하다. 시간의 흐름은 순탄하지 않다. 흐르는 시간의 격류가 수명을 줄인다. 실제로도 그렇고 주관적으로 봐도 그렇다. 지속기간은 짧다. 아무것도 계속되지 않는다. 이것은 애가(哀歌)인 동시에 기도다.

시간이 흐르는 속도는 일정하지 않은 듯이 느껴진다. 시간의 흐름을 겪는 우리의 경험에 하나가 아니라 상반되는 두 가지 역관계, 즉 축적과 소멸이 관여하기 때문이다.

순간의 경험이 깊을수록 더 많은 경험이 축적된다. 순간이 그처럼 오래 살아남는 이유가 그래서다. 흐르는 시간의 소멸이 저지된다. 살아낸 시간의 총량은 길이의 문제가 아니라 깊이나 밀도의 문제다. 프루스트는 이 점을 이해했다.

하지만 문화적 진실이라고만 할 것이 아니다. 봄이나 초여름이면 이런 '살아낸 시간의 일시적인 밀도 증가'에 상당하는 자연 현상을 볼 수 있다. 그 시기에는 해와 비가 번갈아 나타나 식물이 거의 하루에 몇 밀리미터, 심지어 몇 센티미터씩 눈에 보일 정도로 쑥쑥 자라난다. 그처럼 대단한 성장과 축적의 시간은 씨앗이 꼼짝 않고 흙 속에 누워 있는 겨울의 시간에 비할 수 없다.

모든 사랑은 반복을 좋아한다.
반복이 시간을 거역하기 때문이다.

SELÇUK

친밀감은 시간을 주체할 수 없음을, 심지어 일종의
권태를 암시한다.

내가 나라면, 너는 누구인가? 네가 너라면,
나는 누구인가? 지금이 아니라면, 언제인가?
여기가 아니라면, 어디인가?

이게 다 시간의 문제다.

대부분의 사람들은 자기 시간이 없으면서도 그 사실을
깨닫지 못한다. 쫓기며, 각자의 삶을 쫓는다.

SELÇUK

죽은 자들은 산 자들을 둘러싼다. 산 자들은 죽은
자들의 핵심이다. 이 핵심 안에 시간과 공간의
차원들이 있다. 핵심을 둘러싸고 있는 것은 불멸이다.

SELÇUK

몸은 늙는다. 몸은 죽을 준비를 한다. 어떤 시간론도 여기에 집행유예를 제시하지 않는다. 죽음과 시간은 늘 동맹 관계다. 시간이 천천히 앗아간다면, 죽음은 급작스럽다.

삶이 짧다는 사실이 계속해서 애도된다. 시간은 죽음의 대리인이며 삶의 구성 요소다. 하지만 영원한 것, 죽음이 파괴할 수 없는 영원한 것도 삶의 또 다른 구성 요소다. 모든 순환적인 시간론이 이 두 요소를 결합한다. 빙글빙글 도는 바퀴와 그 바퀴가 굴러가는 바닥 말이다.

근대 사상의 주류는 이 결합으로부터 시간을 떼어내어 전능하고 적극적인 하나의 힘으로 변형시켰다. 그럼으로써 죽음이 가진 일련의 성격을 시간의 개념 자체에 전이시켰다. 시간은 모든 것을 굴복시키는 죽음이 되었다.

이야기–시간(이야기 안의 시간)은 직선적이지 않다.
이 시간 안에서 산 자와 죽은 자가 청자와 심판관으로

만나고, 거기 모인 청자의 숫자가 많게 느껴질수록
각각의 청자에게 이야기는 더욱 친밀해진다.

우리는 부모가 잊지 못한 것들이 응결된 침전물이다.
우리는 남은 것이다. 잊는다는 건
남아 있는 실체, 이정표로 여행하는 것.

기억의 수명에 비하면 어떤 생도 기이할 만큼 짧다.

작별은 만남과 얼마나 가까운가?

나는 미래를 보려고 되돌아간다.

—이트카 한즐로바(Jitka Hanzlová)

SELÇUK

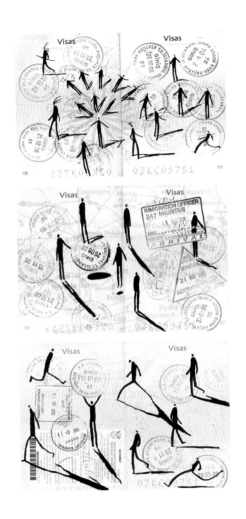

대도시에 살게 된 이주노동자들은 중앙역에 가는
버릇이 있다. 거기서 삼삼오오 모여 소식을 나누고,

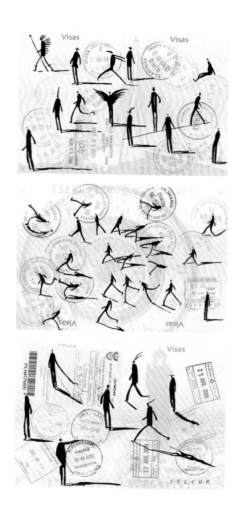

도착하는 기차를 지켜보고, 직접 고향 소식을 듣고,
귀향하게 될 날을 고대한다.

집이란 아무 방해 없이 느긋하고 평화롭게 자기
의자에 앉아 있을 수 있는 곳이다.

SELÇUK

고양이에겐 공간이 없다.
고양이에겐 시간이 아니라 공간이 슬그머니
시간 속으로 스며들기 때문이다.

밤에는 시간이 훨씬 친절하다. 밤에는 기다릴 것도,
시대에 뒤떨어진 것도 없다.

공황 발작이 일어나지만 않는다면, 어둠은 조급함을 가라앉히는 경향이 있다. 밤에는 시간이 더 많다.

우리보다 훨씬 빠른, 새의 시간이 째깍거리는 소리.

노래의 빠르기와 박자와 순환 마디와 후렴구는 미래와
현재와 과거가 함께 들어앉아 서로를 위로하고
자극하고 비꼬고 영감을 주는 피난처를 구축한다.

노래는 이 역사적 순간에 '존재와 생성'의 내적
경험을 표현할 수 있다. 오래된 노래라도 말이다.
왜일까? 노래가 자족적이기 때문이고, 노래가
두 팔로 역사적 시간을 감싸고 있기 때문이다.
노래는 이상향을 그리지 않고서도 역사적 시간을
감싸 안는다.

시의 가장 기본적인 주제가 시간의 흐름이듯이,
회화의 가장 기본적인 주제는 영원해지는 순간이다.

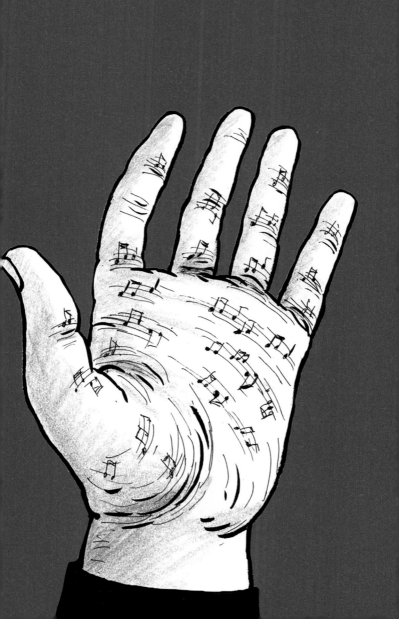

왜 사람은 자신의 모습을 그릴까? 동기야 많겠지만, 그중 하나는 초상화를 의뢰하는 사람들의 동기와 일치한다. 바로 자신보다 오래 남을, 자신이 존재했다는 증거를 남기려는 시도다. 그림으로 그린 자신의 외관(look)이 남을 것이고, 'look'이라는 단어의 두 가지 의미(외양과 시선 모두를 의미)는 그런 사고에 담긴 신비 또는 수수께끼를 제시한다. 그림 속 화가의 시선은 초상화 앞에 서서 화가의 삶을 상상해 보려 애쓰는 우리에게 질문을 던진다.

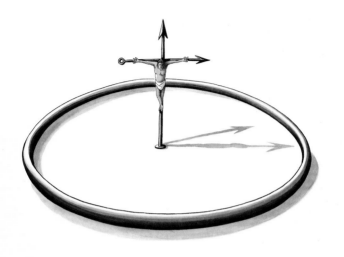

그림을 그릴 때 우리는 시간 감각을 잃는다.
공간의 규모에 너무 집중하는 탓이다.

그림을 그릴 때 우리는 어디에 있는가? 이 질문은
뭔가 공간적인 답을 기대하는 듯하지만, 답은
시간적인 것이 아닐까? 그림을 그리는 행위는 그림
자체와 마찬가지로 존재보다는 생성에 관한 것이지
않은가? 그림은 사진과 정반대이지 않나? 사진은
시간을 정지시키고, 시간을 사로잡는다. 반면에
그림은 시간과 같이 흐른다. 그림을 시간이라는
개울물에 생기는 소용돌이라고 생각해도 될까?

모든 유형의 그림은 저마다 다른 시간으로 말한다.

우리 '그리는 자들'이 그리는 이유는 무언가를 다른 사람들이 볼 수 있도록 만들기 위해서만이 아니라 보이지 않는 무언가가 알 수 없는 제 목적지를 찾아가는 길에 동행하기 위해서이다.

"우리는 우리가 영원하다는 것을 느끼고 안다. 마음이 기억하는 것들 못지않게 지식으로 상상하던 것들을 느끼기 때문이다. 마음의 눈이, 그리고 마음의 눈으로 사물을 보고 관찰하는 것이 증거와 다름없기 때문이다. 그래서, 육체 이전에도 존재했다는 사실을 기억하지 못한다 해도, 우리는 우리 마음이 영원이라는 형태 아래에서 육체의 본질을 수반하는 한 영원하다고, 그래서 존재가 시간의 관점에서 정의되거나 지속기간을 통해 설명될 수 없다고 느낀다."
―바뤼흐 스피노자, 『윤리학』5부, 정리23의 주석

시간이 말해 주리라.

수록문 출처

8. Yevgeny Vinokurov. Quoted in *And Our Faces, My Heart, Brief as Photos*. Vintage, 1984.

10. *From A to X*, Verso, 2008.

12. *Bento's Sketchbook*. Verso, 2011.

14. *And Our Faces, My Heart, Brief as Photos.*

16. "Between Here and Then: Marc Trivier," Edited and Introduced by Geoff dyer, *Understanding a Photograph*, Penguin Books, 2013.

19. Una conversazione tra Arundhati Roy, John Berger e Maria Nadotti, *La speranza, nel frattempo*, Edizioni Casagrande, 2010.

20. *The Red Tenda of Bologna*, Penguin Books, 2018.

22. *From A to X.*

24. "Tell Us Too the Stories," *Internazionale*, Italia, November 29, 2009.

26. "Once Upon a Time," *About Time*, London: Jonathan Cape, 1987.

28. *From A to X.*

30. "The Chauvet Cave Painters," *Portraits*, Verso, 2015.

33. "That Which is Held," *Keeping a Rendezvous*, Vintage Books, 1991.

34. "Appearances," *Understanding a Photograph.*

36-38. "Ralph Fasanella and the Experience of the City," *About Looking.*

40. "Tiziano," *Portraits.*

42. "Ape Theatre," *Keeping a Rendezvous.*

44. *And Our Faces, My Heart, Brief as Photos.*

46. "Ape Theatre," *Keeping a Rendezvous.*

48. "Ape Theatre," *Keeping a Rendezvous.*

51. "Once Upon a Time," *About Time.*

52. "How to Resist a State of Forgetfulness," *Confabulations.* Penguin Books, 2016.

54. "Tell Us Too the Stories," *Internazionale.*

56. "Appearances," *Understanding a Photograph.*

58. "Ten Dispatches about Endurance in Face of Walls," *Hold Everything Dear: Dispatches on Survival and Resistance,* Verso, 2007.

60. *And Our Faces, My Heart, Brief as Photos.*

62. *From A to X.*

64. "Christ of the Peasants," *Keeping a Rendezvous.*

66. *Lilac and Flag,* A Trilogy "Into Their Labour." Granta Books, 1990.

69. "A Man Begging in the Métro: Henri Cartier-Bresson," *Understanding a Photograph.*

70. "Some Notes about the Art of Falling," *Confabulations.*

72. "12 Theses on the Economy of the Dead," *Hold Everything Dear.*

74. *And Our Faces, My Heart, Brief as Photos.*

76-77. "Ten Dispatches about Endurance in Face of Walls," *Hold Everything Dear.*

78. John Berger & Katya Berger, *Lying Down to Sleep.* Edizioni

Corraini, Mantova, 2010.

80. *From A to X.*

82. "Once Upon a Time," *About Time.*

86. Jitka Hanzlová, Quoted in "Jitka Hanzlová: Forest,"
    Understanding a Photograph.

88-89. *A Seventh Man.*

90. "Hard Head," Foreword to Selçuk Demirel, Göz Alabildiğine,
    As Far as the Eye Can See, Yapi Kredi Yayinlari, Istanbul,
    2003.

93. *From A to X.*

94. *From A to X.*

96. *Here is Where We Meet.*

98. "Between Here and Then: Marc Trivier," *Understanding a
    Photograph.*

101-102. "Some Notes about Song," *Confabulations.*

104. "Piero della Francesca," *Portraits.*

106. "Dürer," *Portraits.*

108. *Bento's Sketchbook.*

111. "Lobster and Three Fishes," *Berger On Drawing.* Occasional
    Press, 2005.

112. "Drawing on Paper," *Keeping a Rendezvous.*

114. *Bento's Sketchbook.*

116. *The Red Tenda of Bologna.*

* 원문 속 문체는 다양하지만, 이 책 안에서의 흐름에 맞게 하나의 문체로 맞춰 번역했다.

존 버거(John Berger, 1926-2017)는 미술비평가, 사진이론가, 소설가, 다큐멘터리 작가, 사회비평가로 널리 알려져 있다. 처음 미술평론으로 시작해 점차 관심과 활동 영역을 넓혀 예술과 인문, 사회 전반에 걸쳐 깊고 명쾌한 관점을 제시했다. 중년 이후 프랑스 동부의 알프스 산록에 위치한 시골 농촌 마을로 옮겨 가 살면서 생을 마감할 때까지 농사일과 글쓰기를 함께했다. 주요 저서로『다른 방식으로 보기』『제7의 인간』『행운아』『그리고 사진처럼 덧없는 우리들의 얼굴, 내 가슴』『벤투의 스케치북』등이 있고, 소설로 『우리 시대의 화가』『G』, 삼부작 '그들의 노동에'『끈질긴 땅』『한때 유로파에서』『라일락과 깃발』,『결혼식 가는 길』『킹』『여기, 우리가 만나는 곳』『A가 X에게』등이 있다.

셸축 데미렐(Selçuk Demirel)은 1954년 터키 아르트빈 출생의 삽화가이다. 1978년 파리로 이주하여 현재까지 그곳에 살고 있다. 『르 몽드』『르 누벨 옵세르바퇴르』『더 워싱턴 포스트』『더 뉴욕 타임스』 등의 일간지와 잡지에 삽화를 발표했고, 삽화집 및 저서가 유럽 및 미국의 여러 출판사에서 출간됐다. 존 버거와 함께 그림 에세이 『백내장』과 『스모크』를 출간했다.

마리아 나도티(Maria Nadotti)는 수필가, 저널리스트이자 번역가로, 연극과 영화 비평, 예술과 문화에 관한 글을 꾸준히 쓴다. 존 버거 전집을 비롯해, 수아드 아미리, 로빈 모건, 아시아 제바르, 줄리아나 브루노, 주디스 버틀러 등 여러 작가의 글을 이탈리아어로 번역했다. '인 제네레(in genere)'라는 블로그를 운영하고, 팔레스타인을 여러 번 방문한 뒤 단편 다큐멘터리 영화 「역경을 넘어서(Against All Odds)」(2006)와 「휴전 중의 가자 지구(Under Truce—Gaza)」(2009)를 제작했다. 최근에는 『부고: 소비의 예술에 관한 소논문(Necrologhi: A Pamphlet on the Art of Consuming)』을 출간했다.

신해경(辛海京)은 서울대학교 미학과를 졸업하고 KDI국제대학원에서 경영학과 공공정책학(국제관계) 석사과정을 마쳤다. 생태와 환경, 사회, 예술, 노동 등 다방면에 관심을 가지고 있으며, 옮긴 책으로는 『사소한 정의』『누가 시를 읽는가』『풍경들: 존 버거의 예술론』 『야자나무 도적』『어떤 그림』『저는 이곳에 있지 않을 거예요』『글쓰기 사다리의 세 칸』『투명한 힘』 등이 있다.

몇 시인가요?

존 버거 글 | 셀축 데미렐 그림
마리아 나도티 엮음 | 신해경 옮김

초판1쇄 발행일 2019년 12월 25일
초판2쇄 발행일 2023년 1월 5일
발행인 李起雄 발행처 悦話堂
전화 031-955-7000 팩스 031-955-7010
경기도 파주시 광인사길 25 파주출판도시
www.youlhwadang.co.kr yhdp@youlhwadang.co.kr
등록번호 제10-74호 등록일자 1971년 7월 2일
편집 이수정 디자인 박소영 오효정
인쇄 제책 (주)상지사피앤비
ISBN 978-89-301-0665-8 03840

What Time Is It?

Korean edition is published by arrangement with John Berger
Estate and Yves Berger through Agencia Literaria Carmen
Balcells, Barcelona, and Duran Kim Agency, Seoul.